時光流逝

倪小恩、澤北、君靈鈴　合著

天空數位圖書出版

目錄

紅毛城的曾經

文：倪小恩

時光流逝

　　紅毛城古蹟是大家小時候歷史課本上會出現的一段故事，大家對於這名稱都不會覺得陌生，這國定古蹟位在新北淡水區，這棟紅色建築物前前後後經歷了很多朝代的替換，如今景物依舊佇立在那，但所有的人事已非，當時的璀璨今日已無法看見，可是依稀可以由建築物的雄偉風光來推斷當時住在裡面的人物有多麼貴氣與多麼的受人尊重。

　　建築物裡頭除了展示當時的房間，包含客廳、主臥室、客房、傭人房等等的空間，讓我訝異的是，其中這棟建築物裡面竟然還有幾個關犯人用的小房間，這小房間如今也同樣的被拿出來展示給觀光客看。

　　我雙腳站在那小小的密閉空間裡面，感覺好陰冷、好潮濕，而且回音很重，門上有著只有送飯時間才會開啟的小門，但門一旦關上，所有的光線都會被阻隔，看著四周圍的灰牆，這空間是如此的狹窄與令人窒息，很難以想像當時被關在裡面的犯人心裡有多麼的孤單寂寞。

　　犯人除了被關在那窒息的小房間內，會有固定外出放風的時間，放風的地方是個小小的庭院，空間也是很小，抬頭只能看見頭頂上的藍天白雲，以及太陽，或是偶爾幾隻鳥兒飛過，除此之外，其餘的什麼都看不見，周圍是高牆以防犯人逃離，就算放風了，也只是微微喘息罷了。我站在庭院中間，感受這裡吹來的微風，但風一旦停止，便什麼也沒有了。

真的是很不自由的地方，但既然身為犯人，又怎麼會有自由之身呢？

腦海中浮現當時的嚴刑拷打，我不知道在這古老的建築物中曾經關過幾位犯人，也不知道這些犯人犯了什麼罪以至於被關在裡面，而這些犯人最後是離開了？還是死了呢？每個時代有屬於每個時代的悲歌與璀璨，對我們這些下一個世紀的人來說，這些故事全部都是歷史，有的被記載下來了，有的被忘卻遺失了，但通通歸納於曾經發生的事情。

走出這建築物，迎著風，剛剛有的窒息感已經消逝，我聞到空氣中自由的味道，轉頭看著這棟紅色建築物，不禁好奇起幾百年後來到這裡的人，心裡會有什麼樣的想法在，對他們來說，我們這一世紀也是歷史的一部分，但有沒有被人記載下來又是另當別論的事情了。

柑仔店

文：倪小恩

時光流逝

　　記得在二十多年前，柑仔店非常的盛行，走過幾個路口就會有一家小小的柑仔店，裡面除了賣各式各樣的零嘴糖果，還有賣一堆有趣的玩具。當小孩在哭的時候，父母都會去柑仔店買顆糖來安慰他們，當時的零嘴便宜，一塊錢可以買兩顆糖，五塊錢可以買到好一點的棒棒糖，十塊錢則是可以買到一大把的巧克力條。

　　可隨著時代的演變，小孩們再也不會被這些零嘴與玩具吸引，吸引他們的是比較高級一點的玩具，玩具車、芭比娃娃又或是之後衍生出來的電動遊戲、手機遊戲，也因此，柑仔店漸漸的衰退，現在若要找到當時那種傳統的柑仔店，只有老街裡面才會看到。

　　開在老街的柑仔店生意總是特別好，來逛的不是小孩，反而是一堆大人們，對大人來說這些糖果與玩具都是回憶中的一部分，看了不禁讓人回想起童年的兒時回憶，跳跳糖、口哨糖、可樂橡皮糖、巧克力醬條、足球巧克力、麵茶粉等等的零嘴，還有抽抽樂、溜溜球、換衣紙娃娃、玩具槍、尪仔標、太空氣球等等的懷念玩具，每一個物品都勾起了無數的回憶，對這些大人來說，每一個物品都有屬於它的故事在。

　　在很久以前，柑仔店不僅僅有販售玩具與糖果，還有販售民生用品，蛋豆茶鹽醬醋罐頭通通都有，以前幫媽媽跑腿買醬油、雞蛋，多的零錢當作犒賞可以買幾顆自己喜愛的零嘴吃，

所以總是與兄弟姊妹爭先恐後的要跑腿，熱情的老闆見你幫媽媽跑腿覺得孝順還會多送你幾顆糖，這樣一來，更加喜愛幫媽媽跑腿買東西了。

然而，目前的柑仔店已經沒有二十年前那純粹傳統的味道了，現在結合觀光的腳步演進，販售的商品只剩下玩具跟糖果，其他的民生用品早就已經被便利超商、量販店所取代，或許，未來當六、七年級生的這一批大人又年長的某天，老街上這些傳統的柑仔店便會一家接著一家收了，畢竟這些人來說，柑仔店販售的是無法取代的回憶，可是若已經沒有人可以回憶這些了，那它的存在便沒有了其意義。

時代的進步讓這些傳統店舖漸漸無影無蹤，這是屬於那些時代的淚水，再加上網路購物的趨勢興起，總會有許多新的事物來取代舊的事物，未來還有什麼店會被取代？這件事很難說呢！

時光流逝

卡 片

文：倪小恩

時光流逝

　　在以前，在那手機還不怎麼流行的年代，每到一些值得祝福的日子，好比說是聖誕節，或是某人的生日，同學們就會寫卡片來給予祝福。

　　卡片上的圖案應有盡有的，也因為應景的關係，生日卡片上的圖案便是生日蛋糕跟蠟燭，而聖誕卡片上的圖案不是聖誕老人、聖誕樹、麋鹿，不然就是禮物或是聖誕襪等等以紅色綠色為基準的色彩，每一張卡片看起來都很有創意，色彩也很繽紛。

　　當時的卡片內容沒有多想，畢竟小小年紀不會有什麼太多想說的話，上頭就是簡單一句『生日快樂』或是『聖誕快樂』，寫完祝福並簽上屬名後，就將卡片放入信封袋交到對方的手上了。

　　時間一年一年的過去，隨著長大，拿到卡片的次數越來越少，但每當收到卡片都會好好的收藏起來，這些卡片會被放進一個盒子內，平常的時候不會翻這盒子，而每逢大掃除的時候才讓它得以見光。

　　大掃除中有大多的時間都在回憶著那些年代的自己，這張卡片是當時好友送的，可惜最後斷了聯絡，不知道這位好友現在過得怎樣呢？另外一張卡片是當時偷偷喜歡的人所送的，拿

到時感到欣喜開心，額外的珍藏，但這個人最後畢業也沒再聯絡了。

　　種種的回憶因為一張又一張的卡片被翻出，也想起了當時那個心思單純的自己，會寫卡片只是覺得寫卡片的這行為做了開心，而收到卡片的人也開心，僅此而已，想到當時每當快要接近聖誕節的時候，便會開始拉著同學們一起去逛書店買各式各樣的繽紛卡片回家。

　　如今，那些所收藏的卡片因為時間的流逝而泛黃了，原本潔白的卡片上有了些泛黃，腦中所擁有的記憶也有一些消逝了，有些卡片上的名字變得陌生，怎麼樣也想不起這人跟自己是什麼關係，於是會去翻翻當時的畢業紀念冊，若真的找不到，便會放棄回憶。

　　景物依舊，但人事已非，隨著長大，漸漸的也不再會買卡片寫祝福了，另外也因為科技演進的關係，加上現在人人都有手機，簡單傳了祝福的訊息出去即可，這樣的方式已沒有了當時那純樸的心意，也包裝上了冷漠，讓人與人之間的關係變得疏離。

　　若有時間，還是可以抽空到書店買張卡片，寫上簡單的祝福，將卡片親手或是郵寄給那位想祝福的人，對方肯定能夠感受到這張卡片上的溫度，以及你那滿滿的心意。

時光流逝

畢業紀念冊

文：倪小恩

時光流逝

　　在求學階段，不論是國小、國中、高中甚至是大學時期，即將要畢業的學生們都會決定要不要購買畢業紀念冊回家收藏，大多數的人都會選擇要購買收藏，而當這本厚重的畢業紀念冊一拿到手後，除了翻閱看自己班上的照片外，會開始請班上的同學在最後一頁的空白處上面簽名並留言祝福。

　　剛開始收到這些留言話語，覺得新鮮，會心一笑後拿去給下一位同學簽名，班上同學們彼此交換畢業紀念冊在上面書寫留言，就連老師也不放過，幾個同學趁著老師有空的時候趕緊將畢業紀念冊遞給老師簽名，而收集滿簽名與留言後也表示畢業典禮的來臨。畢業典禮結束後，大家分道揚鑣，各自上了屬於自己的學校，接著開始認識新環境、結識新同學，開始進入另外一個人生階段。

　　過了幾年後，又領到了下一本畢業紀念冊，這彷彿是人生的里程碑，仿照之前的模式，拿到畢業紀念冊的時候會開始讓同學們簽名留言，一個接著一個，彼此寫上充滿心意的祝福與想說的話。

　　最後結束學生的身分，出社會進入職場成為社會人士，這一本本的畢業紀念冊塵封在櫃子中，唯獨只有念舊或是大掃除的時候才會拿出來翻閱，看到上頭那些簽名與祝福的文字不禁感到懷念，昔日的同學有的甚至會在上面畫些可愛的塗鴉，或

14

是寫些好笑的話語，看著這些留言，除了懷念，也想念起那些當學生的時光。

　　不禁回想起那些穿著學校制服的日子，每天早晨揹著書包、雙腳穿著白襪以及學生皮鞋、聆聽著上下課的鐘聲響起、下課時間與同學一起前往學校福利社購買零食餅乾，不僅如此，也面對無止盡的課業與考試，或是面對與同學之間的友情與純純的愛情，用青澀的想法與不成熟的態度來對面許多事情，種種過往的回憶透過畢業紀念冊上的文字而被喚醒。

　　除了這些留言的文字，翻閱到當時的班級，看到青澀面孔的自己，以及昔日的班上同學們，不僅是個人的沙龍照，或是班上的團體生活照，看著這一張張的照片，也意識到這份青春已過，世界上沒有人發明時光機，無法回到那過去的年代，只能用回憶的方式想著這段已逝去的青春年少。

　　然而，翻閱完畢業紀念冊，也表示回憶已結束，這本畢業紀念冊繼續塵封在櫃子中，等待下一次念舊或是大掃除的時候再度被拿出來，也許下一次拿出來翻閱的時候，又會是不同懷念的心態。

曾經喜歡的那個人

文：倪小恩

　　在國小的時候，不知道從哪天開始有了寫日記的習慣，每天在睡覺前都會拿出日記本翻閱，開始寫著今天發生的事情，不論是好事或是壞事，通通都記載在上面，文字不需要太多，簡單的幾句話也可以。

　　關於我喜歡的那個人，不知道什麼時候開始出現在日記中，而且出現的頻率一天比一天增加了，在生活中我會不知不覺地注視著他，觀察對方的一舉一動，從觀察中開始知道他的喜好，比如他喜歡穿深色的衣服，他喜歡穿著那雙黑色球鞋，早餐他喜歡吃蛋餅加上一杯大奶茶，他不喜歡吃辣、不喜歡吃蔥也不喜歡吃香菜等等的，每次只要觀察到什麼我就記在日記中。

　　就是因為不知不覺地觀察著他，我才意識到自己是喜歡他的，一意識到喜歡這件事情，我感到害羞，臉也不禁紅了，當承認這份心情後，我寫在日記上，記錄著此時此刻。

　　然而，那時候的我並不敢告白，就只敢默默地注視著他，偶然間我從身邊的朋友知道他有喜歡的人，可是我不敢知道他喜歡的人是誰，不用想也知道肯定不會是我自己的啊！我跟他之間的交集次數這麼的少，講話次數也少得很，有時候甚至一個禮拜的日子都不會講上話的，他喜歡的人怎麼可能是我呢？

　　自從知道他有喜歡的人，我就知道自己這份暗戀沒有任何結果的，我把我任何的猜想都寫在日記中，當作是抒發心情的

一種，日子一天天的過去，我以為這份感情會隨著時間而淡掉，但並沒有，我依舊還是喜歡著他。

最後畢業了，這份喜歡的心情我不敢讓他知道，而也因為平常沒有任何交集在，畢業後就這樣完全斷了聯絡。

而此刻，在經過十幾年後的現在，要不是因為這本日記本的存在，我想我根本就忘記這段回憶了，當時的自己懵懵懂懂的，天真單純又無知，只知道喜歡著一個人，卻沒有勇氣讓對方知道，但也就是因為這樣子，在下一段的暗戀中，我告訴自己別再跟之前一樣，於是我勇敢地對著自己喜歡的人告白，而對方剛好也喜歡我，然後我們就在一起了。

這本日記不僅僅是記錄我過往的那段暗戀，也是記錄著我的青春，那個人曾經出現在我的青春中，可是時光徐徐，什麼事情都會改變的，出現在青春中的人並不一定會一直相伴著自己，也不一定是適合自己的人。

時光膠囊

文：倪小恩

時光流逝

碰！

巨大的聲響響徹整座教室，在場所有人在同一瞬間全停下動作。

一抹嬌小的身影這時順著眼角餘光竄進柯振宇的視線。

只見她緊低著頭望著翻倒的課桌椅和散落一地的課本。

沒有人上前幫忙，也沒有人上前關心。

整間教室先是沉寂幾秒，接著再次吵雜起來，彷彿什麼事情也沒有發生。

──又是林靜媛。

柯振宇瞥了那女生一眼，然後收回目光，繼續手邊原來的事。

林靜媛是上學期剛轉來的轉學生，她的個性正如她的名字般，安靜寡言。

明明沒做任何的事，卻莫名其妙被班上幾位較為出風頭的同學盯上。

自此之後，她的校園生活便充斥著滿滿的惡意。

與其過這種日子，還不如再辦一次轉學。

每當柯振宇看到林靜媛被霸凌的模樣，總會在心裡這麼想。

「大家——」畢業前夕，班長抱著一個紙箱放在講台上，裡面盡是滿滿的塑膠球，「我們來埋時光膠囊吧！把希望的事寫在紙條上，五年後我們再一起挖出來，如何？」

面對班長的提議，此起彼落的同意聲紛紛響起。大家高興地將夢想、想說的話寫在紙條上，然後塞入塑膠球。

接著選了一棵離教學大樓最近的樹，將全班的時光膠囊埋入土裡。

「就約好五年後的今天，在學校集合喔！順便開同學會。」

畢業典禮當天，即將散會的瞬間，班長朝全班大喊。

所有人紛紛點頭，唯有林靜媛，默不吭聲，卻一一掃視著班上每個人。

與她四目相接的剎那，柯振宇不禁打了個冷顫，隨即趕緊別開頭。

對於林靜媛，柯振宇雖然同情，卻無能為力，也無從幫忙。

班上大多數的同學皆是如此。

因為大家都害怕，自己會成為下一個目標。

時光流逝

所以只能選擇沉默，選擇無視，選擇麻痺。

五年後的同學會，幾乎班上每個人都如實赴約，來到當初那棵埋藏時光膠囊的樹前——

唯獨林靜媛沒有來，她成了唯一缺席的同學。

大家的時光膠囊一個接著一個被挖掘出來，被一位挑染著金髮的少女一一朗誦。

她是當年帶頭霸凌林靜媛的成員之一，宋筱君。

「張子恩——我希望未來的我能當歌星。」宋筱君打開紙條，噗哧一笑，「好啦，沒當成歌星也是不錯的網紅，算實現了吧？」

張子恩立即搶過紙條，羞赧地回了句：「對啦！」

接著，宋筱君拿起下一個時光膠囊——

「林靜媛……」唸完名字時，宋筱君神色一愣，然後輕蔑地冷笑了聲，「我希望大家可以永遠記住我——這是什麼爛心願？」

柯振宇有點聽不下去，走上前奪過那張紙條，「夠了吧，都畢業這麼久了，沒必要再這樣對她。」

宋筱君嗤之以鼻地冷哼一聲，表情明顯不屑，「英雄救美啊？怎麼就不見你當年幫她說過一句話？」

柯振宇沒有說話，僅是沒好氣地瞪了宋筱君一眼。

「大家——」一道聲音從樹上傳來，所有人紛紛抬起頭，這才發現一台手機事先被人架在樹上。

手機開著通話，而螢幕裡——正是林靜媛！

「時間過得好快呀，五年了呢！」

「妳在幹麼？」宋筱君撿起地上的石頭，厭惡地想朝樹上投擲。

然而林靜媛的聲音卻再度落入耳裡——

「筱君，為了答謝妳當年對我所做的一切，我有個禮物要送妳。」畫面裡的林靜媛微微一笑，接著左右掃視，如同當年畢業時她所做的事般，「還有送給大家。」

「妳這個瘋子，之前就怪里怪氣的，現在也一樣。」

林靜媛古怪一笑，逕自說了句：「看上面唷！」

語落，所有人紛紛抬起頭，映入眼簾的是教學大樓，以及一抹嬌小的身影。

只見林靜媛身穿一襲紅色洋裝，翻過欄杆——

「妳在幹什——」

宋筱君的話還沒說完，林靜媛縱身一躍。

紅色的洋裝在空中隨風飄逸，宛如一朵艷麗的紅花。

在大家驚恐尖叫的同時，柯振宇看見林靜媛揚起唇角，一道愉悅的聲音隨風落入耳裡——

「這樣，你們就會永遠記住我了。」

罪 人

文：倪小恩

　　她是個討厭黑暗的人，就算夜晚入睡了也得要燈光才能入眠，有很多次的失眠，都需要靠安眠藥才能入睡。

　　然而有很多的時候，就算她入眠了，卻被惡夢纏住，這些惡夢彷若是魔鬼一樣，緊緊抓住她不肯離去……

　　「妳為什麼要出生在這世上？」

　　有好多好多次，親生母親的怨懟與那毫無溫度的眼神緊盯著她，讓她覺得自己是個罪不可救的罪犯，從小的時候她就不曾感受到真正的快樂，母親每每遇見她就是對她痛打施暴，就算沒有痛打，也逃不過那些傷人的言語。

　　她好像，真的不適合活在這世界上呢！她這樣想著。

　　低眸看著手腕上的傷痕，上頭的新舊傷痕全都交加在一塊，每次的割腕自殺最後都被救回，到底是她內心深處不想死而無意識地將傷口割太淺，還是老天爺覺得她還不能死，最後都派人來救回她啊？

　　經歷過母親的家暴，好不容易才逃離母親而被一家好心的夫婦收養，而這對夫婦在親生兒子出生後，就開始對沒有血緣的她冷漠，短暫的愛即刻從她身上奪回而轉移到親生兒子身上，她雖然覺得失望、不甘心，但只能無奈接受。

　　就連最後她離家出走了，這對夫婦也完全沒有要報警找她的打算。

　　這樣也好，對她來說已經不需要任何牽絆了，她早就對這一切都感到心灰意冷了。

　　所以，她就這樣毅然決然的從樓頂上跳下去了⋯⋯

　　原本以為會比想像中還要痛，但是她沒有任何的知覺在。

　　「妳知道妳母親討厭妳的原因嗎？」眼前一位黑衣人這樣問她，她不知道眼前的這個人是誰，從剛剛鼓起勇氣跳樓後，自己就身處在一個異樣的空間，這空間充滿了灰，霧濛濛的，她也不知道自己身在何處。

　　唯一能確定的就是自己已經死了的事實。

　　「我不知道，但好像跟我爸爸有關，以前常常被她毆打的時候，她都會哭喊著說我為什麼這麼像『他』⋯⋯」

　　關於自己的父親，到現在她一切未知，曾經開口問過母親，但還沒有得到任何答案前就被賞了一巴掌。

　　「因為，妳是妳母親被強暴而有的孩子。」黑衣人這樣告訴她。

聽到這答案後，她腦袋空白。一瞬間，所有的怨懟理由她似乎明白了，至始至終她就是個罪人，致死致中她都無法從這深淵中翻身……

「『時間可以治療一切』，妳相信這句話嗎？」

「我當然不相信這句狗屁話，這些傷痕、這些瘡疤硬生生地存活在我的內心深處，我就算想忘也忘不掉，我才不相信這句話呢……」她悲憤的說：「看來我真的不該存活在這世界上呢……死亡對我來說是個好的選擇。」

「妳母親，算是有替妳著想，沒有告訴妳這件事實。」

「是嗎？」

現在，她已經覺得一切都無所謂了。

時間可以治癒一切的傷痕，這句話只對於某些事情吧？對於傷痕累累的她，已經不再適用了，因為打從她出生在這世上，她就是罪人的身分。

老榕樹

文：倪小恩

擁有著悠久歷史的老廟前，有著一棵前人種下的老榕樹。

不知道從哪兒聽人家提起過，這棵老榕樹在這裡應該有將近百年的時間了！望眼過去，粗壯的樹幹上面布滿了粗細不一的榕樹根，一根又一根的落垂下，偶爾輕輕晃動起。

徐風吹來，除了搖晃的榕樹根外，葉子與葉子之間的摩擦聲如此明顯，唉唉聲響起，整棵樹搖搖晃晃的，而當風停止時，它也跟著停止了。

所謂前人種樹後人乘涼就是這個道理吧！我想。

在以前小的時候，爸媽總會帶我們來這老廟玩，那時候爸媽在榕樹下乘涼聊著天，而我就跟其他頑皮的孩童一樣，與同年齡的小孩們一起繞著這棵榕樹玩些你追我跑的遊戲，這些遊戲有時候是鬼抓人、有時候是紅綠燈，又或是在這棵老榕樹身上找著綠色金龜子，跑跑鬧鬧、嘻嘻笑笑的，我們的聲音總是把廟前的廣場弄得很吵雜。

那時候，一整天下來可以徒手抓到好多隻金龜子，有時可以高達十隻以上，這些金龜子的背殼上是金亮的綠，有點像是翡翠綠的寶石顏色，等抓到這些金龜子後又一口氣的放生牠們，讓牠們回歸於大自然。

　　不如現在的孩童，每個人的手上都會有手機或是平板可以玩，但對我來說，在這棵榕樹下的回憶遠比那些冷冰冰的線上遊戲還要來得有趣許多，時常因為玩耍而不小心把自己弄得髒兮兮、汗流浹背，可是我卻覺得盡興無比。

　　但是後來因為念書的關係，加上年紀長了，有好久好久的時間都沒有回到這棵老榕樹下了，有一次偶然想起這棵老榕樹，禁不住好奇而上網查了這個景點，發現老廟的人們跟進時代潮流，替廟創了個粉絲專頁，粉絲專頁上面陸陸續續放了很多張關於廟會活動的照片，其中幾張照片就有這棵老榕樹的影子。

　　也許是因為現在長大了，當我看到照片時，發現這棵老榕樹沒有記憶中那麼高大旺盛，但依舊佇立不搖的站在那裡，經歷過幾百年的時光，也許它也聽到了很多精彩的故事。

　　它就有如老廟的知己一樣，兩者彼此相伴彼此，如今也相伴了近百年的時光，或許在夜深人靜的時候，他們彼此互相分享著今天又從人們身上聽到了什麼樣的有趣故事呢！

時光流逝

布袋戲

文：倪小恩

　　布袋戲是屬於台灣傳統戲曲的一種表演，現在在都市裡幾乎不常見，若要見到就只能在一些特定的日子跟特定的地點才能撞見。

　　小時候的我時常在一些廟宇或鄉下地方看過布袋戲的演出，那時候因為覺得新鮮以及好奇，被那有著華麗鮮艷色彩的戲台外表給吸引了注意力。

　　布袋戲開演的時候我會與其他同齡的小孩拿著小凳子坐在戲台前觀看他們的演出，幕後幾位戲偶演員會開始操控戲偶，讓戲偶在台上走動，或是做一些動作，雖然台語聽不太懂，可是可以從那些戲偶的肢體動作和一些簡單的詞彙大概知道劇情內容是什麼。

　　但老實說，布袋戲的劇情並沒有很吸引我，吸引我的反而是那些戲偶的動作，緩慢地走動、坐下、奔跑，或者是雙方一言不合的開始上演武打戲，搭配燈光閃爍的效果以及打擊的音樂聲，這些畫面反而讓我目不轉睛。

　　有些在旁邊一齊與我觀看的長輩會一臉納悶地開口問我到底看不看得懂劇情是在演什麼，我記得我都會搖搖頭，說我看不懂，可是就是會忍不住的一直看下去。

　　對我來說，布袋戲有一種說不出的魅力，我彷彿可以理解為什麼當時民國六十年初的電視上，布袋戲的發展可以這麼的

有名，幾乎家家戶戶知曉，每到特地時間就會搶在電視機面前準備觀看，布袋戲甚至替電視台創造出高收視率的成績來。

可是隨著時間的流逝，這項傳統產業漸漸的被新興產業取代，漸漸的沒落，漸漸的難以找到屬於它的蹤跡，現在只能在一些神明慶典的日子能夠在一些廟宇撞見它的蹤跡，但幾乎真的很少很少，有時候想觀看回味這份童年根本就要看緣分。

約莫在某年的聖誕節附近，我在逛大遠百的時候剛好遇上百貨公司舉辦傳統節慶的活動，裡面設了很多懷舊的攤位，其中竟然有布袋戲的演出，因為好奇以及懷念，我便站在戲台前觀看，在觀看的同時，周圍漸漸的聚滿了人潮，大家目不轉睛的一直盯著，老一輩的人會述說起他們那年代的事情，年輕一輩的人會述說起這項童年回憶，而更加年輕的小孩子會抓著父母東問西問的。

有趣的事情是，我聽到有些父母在碎唸著說：「明明看不懂也聽不懂，卻硬要留下來看。」

看到那些孩童，我想到當時還是那個年紀的我，也不清楚自己當時為什麼會在戲台面前觀看，明明不是很懂台語，也不是很懂劇情內容，可是就是不自覺地停下腳步，目不轉睛地捨不得眨眼，等著下一個角色、下下一個角色，以及下一幕的出場以及演出。

時光流逝

　　我們用我們的眼睛以及腦中的記憶，來記取這曾經出現過的傳統藝術戲曲文化，現在台灣一些博物館也有保存著這些歷史文化，時代雖然會進步，文化雖然會衰退，可是實實在在的曾經存在過這片土地上。

鞋

文：倪小恩

還記得自己從什麼時候開始穿鞋的嗎？

應該是剛學走路的時候吧！但對於這階段的自己已經沒什麼印象，都是透由以前的照片才知道自己小時候的模樣。

小小年紀所穿的鞋，在踩踏的時候會發出啾啾啾的可愛聲響，或是有的是會發亮的特效，搭配剛學走路的搖搖晃晃身體，拼命的支撐著走路平衡，小小的雙手在半空中揮啊揮的，胡亂抓著，最常就是牽著爸爸或是媽媽的手。

從什麼時候開始學會綁鞋帶的？好像是開始上國小的時候。

抓起一邊的鞋帶先反摺，拿起另外一邊的鞋帶繞過，接著塞入拉出，一個蝴蝶結被綁出來，感覺到鞋子被綁了緊，這才起身開始行走。

除了穿布鞋，升上國中與高中的時候開始穿起皮鞋，搭配學校規定的整齊制服，規規矩矩的白色制服跟百褶裙，讓人看起來一絲不苟的模樣。

升上大學後，依舊青澀畏縮，不怎麼會打扮自己，直到大三大四開始漸漸習慣大學這個小型的社會，似乎像要趕緊成為大人似的，有的人開始穿起跟鞋來，走路發出叩叩的鞋跟聲，敲響了地板，好像顯得有些氣勢以及與眾不同，更可以成為人

群中的焦點，同儕間彼此見到，有的人開始效仿穿起跟鞋，但有的人依舊還是覺得平底鞋好穿。

然後漸漸的，班上有大多數的人都穿上了跟鞋，身上也搭配一些成熟的服裝，顯得成熟與老氣，可能是為了畢業後出社會而做的準備，脫去青澀，迎接成熟，各種不同樣式的跟鞋都出現，有的跟鞋的高度甚至越穿越高。

記得初次穿跟鞋時走路搖搖晃晃的，就跟初學走路的小孩一樣，因為腳所施力的點不同以往了，加上不習慣以及磨腳，一整天下來雙腳傷痕累累，腳跟甚至磨破皮、流血長水泡。

然而真正出社會一陣子後，跟鞋穿久了，還是喜歡回頭穿起平底鞋，因為比較輕鬆許多，腳也比較不會痠痛，若覺得平底鞋過於樸素而沒什麼變化，有些人會穿起方便的涼鞋，而有些人更加的隨意，並不怎麼在意別人的眼光，拖鞋直接套上了就走。

這時候跟鞋的存在不再是為了要顯示氣勢，變得只是要應付一些重要的場合，好比說交際應酬，或是一些商業交流的研討會議，穿上跟鞋是顯示禮貌以及正式感。然而沒有了這些正式的重要場合，這跟鞋幾乎都只擺在鞋櫃中存放而已。

時光流逝

　　又隨著年紀的增長，已不在意自己的外表，只在乎方便性，跟鞋最後再也不會拿出來穿了，有的會拿去送人，有的則是直接扔掉，或是根本就捨不得扔掉而繼續存放在鞋櫃中。

自己的人生樂曲自己譜

文：澤北

「你怎麼啦？」黑色粗框眼鏡的陳醫師，年紀不到三十，他口中的問候仿佛是爵士樂在演奏般輕柔。

躺椅上的男子睜大著眼，乾裂的雙唇緊閉著，濃郁的青灰籠罩在他的眼睛上，在踏入診間前所思考的千言萬語，最後濃縮成了簡短的一句話「我不知道」。

爵士樂聲不絕於耳，男子並未感到吵雜也不覺得溫暖，他的心中沒有絲毫的波瀾。

「咳咳，醫生……我的診療時間有多久？」在下一首爵士樂曲準備播放之前，男子先行提問了，他的喉嚨卡著濃厚的痰。

「我會在這，等你說完你想說的，一直到你不想說了為止。」陳醫師暫停了演奏，拉了張椅子坐到了男子身邊，將播放樂曲的權利交到了男子身上。

男子沉默了一會，視線從天花板的熾白崁燈下移到了診間桌上暈黃的桌燈。

熾白的日光燈管隨著音樂節奏閃爍，嗡嗡的聲響從風扇的扇葉中傳出，一干人等在鏡子前排排坐下，聽著諸多學長講述入社以來的各種心得。

「不能只有其中一個人跳舞很強，這是一隻表演，要大家一起好！不管是跳舞、唸書、玩音樂，都是一樣的道理，我們

都像是在做一首新的歌曲。」螃蟹學長突然對著眾人說出了他的看法，「一首歌不能只有副歌好聽，前奏、間奏、配樂、尾聲，都要互相搭配，才會是一首經典的神曲。」眾多高一同學都對他投以注目禮，雖然聽不懂他想表達什麼，但對於能說出這番話的學長感到敬佩。

跟螃蟹同屆的番茄學長轉頭看向他說道：「幹勒你怎麼會講這個？我原本只是要跟他們說明天會有很多友校的人來，有不少正妹之後跟他們同屆，所以想叫他們不要丟臉而已欸。」聽完，大家笑成了一團，番茄接著說道「你講這麼正經的話，這樣顯得我很低級。」

「學長，我喜歡低級！就是要這樣！」高一的大頭第一個表示認同，加入熱舞社，交一個辣妹女友，是他一直以來的心願。

嘴巴上說著喜歡低級，心中早已被激起了波瀾，人生就是一首歌曲，每一個選擇就是一個音符，積累了許多音符過後，呈現出來的不論是藍調還是嘻哈，都是你的人生，該做哪種曲風是由你的每個選擇堆疊起的。

或許你的歌曲，前奏是鄉村民謠，間奏是爵士樂曲，到了副歌變成搖滾樂，配樂的樂器一下是鋼琴，一下是木箱鼓，各種看似亂七八糟的東西硬拼湊在一起形成的歌，外人看了會說不好，但因為這是你的人生啊，你只需要為自己的人生負責，

龜雖壽

文：澤北

神龜雖壽，猶有竟時。騰蛇乘霧，終為土灰。老驥伏櫪，志在千里。烈士暮年，壯心不已。盈縮之期，不但在天。養怡之福，可得永年。幸甚至哉，歌以詠志

《龜雖壽》－曹操

龜善潛，仍不渡渦漩；人伐謀，終不過權貴。

踏入古蹟修復工程近三年，看到了許多無力的事，官員領著我繳的稅金耀武揚威，壓迫營造廠限期內「提前」完工，只為了自己的政績，施工品質與安全性皆在其次，受到其他機關所礙，有所難處需要斡旋則是各種推託，期限內該給付的款項能拖就拖，好像晚一天付款也能算政績似的。

設計監造單位不負責任，相關設計疏失概不承認，漏編合約項目是因壓低標金，設計圖說全然罔顧結構安全，而這些事物依我求學時期所知，應是建築師該一肩負起的責任，否則日後數以百計的民眾進出所感受到的只會是毫無專業可言的「大模型」罷了。

而這些責任，「建築師」的責任與精神，最後卻敗在「名譽」這個膚淺的詞藻上；當責任與精神全然不顧時，設計、施工、安全、放款都亦隨著「名建築師」的情緒起舞，指定劣質廠商給營造廠施作重要工項，間接造成承包商虧損乃至延宕工

期為潛規則,而這條規則中是否涵蓋了剽竊營造廠繪製的工法圖說及試作品當作該建築師的成果就不得而知了。

營造廠也未必都是受害者,壓榨工班,為了節省成本跟趕進度等等理由,許多匪夷所思的工法都想得出來,名目上是為了趕進度完成,實際上全然為了達成與銀行的履約條款並二次借貸。

這個行業有著許多許多令人髮指的事物,並不是一時一人一地的陋習積累,這是台灣數十年來的漠視專業與階級歧視,或許有一天我會被這噁心的社會馴服,對這噁心的生態諂媚,只為了他們的簽名畫押,但不是現在。

曾經,這棟見證台北市興盛的建物如此雄偉,如今,被改建得毫無章法可言,施工圖說跟現況對不上已經是常態,業主監造以及營造廠,都各自在背地裡醞釀該如何推卸責任,而總計參加 108 次工務會議的我,看著各種光怪陸離的藉口,本該有的愧疚消失無蹤,有的是對這棟曾經耀眼過的磚瓦感到無奈。

我對於曾經參與過古蹟修復自豪,但以喜愛建築的愛好者自慚,對於沒能將這座充滿靈性且見證台北輝煌的塔樓修復完整,對於建築,我很抱歉,但我盡了我最大的努力,我所能做的便是背誦曹操的《龜雖壽》,先向前輩們學習忍讓,待我功成名就之時仍不忘此時此刻的感觸,回頭來向這棟我感到慚愧的建築物致歉。

時光流逝

為興趣付出的職人

文：澤北

時光流逝

　　平常的一天，兩位師父帶著他的工地帽，36 度的烈日阻擋不了他們的步伐，早上七點先是在屋頂上檢查椽條受損程度，九點又走到另一邊檢查牆壁龜裂情形；下午則是開始拌起水泥跟灰漿開始要做另一邊的牆壁粉刷，期間下起了雷陣雨也沒停過半刻，整整快九個小時的時間沒有偷懶過更沒有抱怨過。

　　我雖全程跟在旁邊紀錄，但在太陽底下臉色其差無比，心中抱怨著后羿當初怎麼留下了一顆禍日，並藉著裝水的理由走進三台冷氣全力運作的工務所休息。

　　「工人很辛苦拉，薪水一天兩千又要風吹日曬雨淋，全年幾乎無休，薪水幾十年來都一樣，希望你以後當個成功的人，幫幫忙照顧工人好嗎？就當可憐可憐我這個老殘窮。」他是阿唐師，五十年的工地經驗讓他泥作、木工、瓦作、彩繪、油漆、鐵工六門齊開，我還真沒看過他有什麼不會做的工項，當他在太陽底下下工，拉著我的手跟我說這段話時，我差點就流下我的男兒淚並為我的產值感到羞愧。

　　像阿唐師這麼高產值的人做了這麼多事情，卻領不到一份相應的薪資，而我卻連 36 度的太陽都快熬不過去，但好險，做營造業的先決掉件就是要鐵石心腸，我還是忍住了我珍貴的淚水拍拍他的肩膀，再好言安慰了他一下。

「阿唐是不是拉著你講幹話，叫你以後要救救他這個老殘窮？」我才安慰完阿唐師，還沒走進工務所就被暉哥攔了下來問，「我剛來的時候他也這樣跟我說，有沒有被感動到？」

暉哥是帶領我熟悉環境跟工作內容的前輩，入行約四年，大學畢業後去過中國工作一陣子，娶了個老婆生了個小孩，就差買塊田就能安享晚年，但可惜那時剛好碰到台商經濟泡沫化，他預料到這回事便趕緊帶著老婆回台灣光宗耀祖，接著就來到這間公司開始修古蹟

暉哥教了我很多在工地該注意的細節，包含跟工人溝通的眉角、施工查驗的拍照技巧、偷吃東西不會被發現的角落跟主任會讓你背的黑鍋等等；他既熱心又充滿耐心，因為這行業工作環境不好，新人來來去去都不穩定，他很希望我能分擔一下他的工作內容，好讓他能準時下班回家抱老婆增產報國。

「但我跟你說，阿唐是高雄跟嘉義的田僑子，他每個月收租金就打我跟你加起來的年薪了，他另外有好幾間房子出租，他講那些是逗你玩的啦，做工是做興趣的而已，你不要太在意。」好險我這個人就是臨危不亂，沒輕易落淚中阿唐師的詭計，如果這也叫老殘窮的話讓我也當當看好嗎？

但是如果有人，跟阿唐師一樣的努力一樣的付出，一天卻只能領兩千的時候，我該怎麼辦呢？

奶爸情人節

文：澤北

　　蒼白的雲在天空繚繞，銀灰的休旅車載著一對男女與三歲小娃兒出門旅遊，男女面貌約莫近三十，以現代社會來說算是早早修成正果的一對。

　　男子輕輕抱著小孩，但由於姿勢不正確，孩子不舒適地在臂彎中扭動著，女子輕輕笑了聲後開始糾正了男子的抱姿，小孩感覺到舒適後開始乖乖地坐在男子的前臂上。

　　三人踏進了一間古厝改裝而成的咖啡廳，在裡頭悠閒的度過了下午，店東家是兩人的好友，熱情精緻的點心與飲品接著上桌，小孩卻不識相地大吵大鬧，聽著刺耳的吵鬧聲，男子帶著嚴肅的神情瞪著孩子的媽。

　　孩子的媽口頭警告了兩次，要孩子放輕音量，不要影響到其他的客人，直到了第三次警告，女子以迅雷不及掩耳的速度給予小孩的掌心一記重擊，那皮肉相撞發出的聲響衝進了所有在座客人的心坎裡。

　　小孩的眼淚瞬間奪框而出，哭聲比起方才的嘻笑聲更加刺耳，女子不急不緩地將小孩抱出了店內，在外頭教導他為什麼會被媽媽痛打，片刻之後，了解了自己錯誤的小孩主動牽著媽媽的手重新走進了店裡，爾後的一個多小時，店內再無大於店內音樂的聲響。

　　三人在接著河濱公園迎著夕陽跟栩風騎腳踏車，男子細心指導小孩該如何維持平衡，左右腳如何交替踩踏板，隨著夕陽落下，天色逐漸陰暗，小孩卻怎麼也學不會騎腳踏車的技巧。

　　一日就這樣過去了，男子充當了一天小孩的父親的角色，他嘗試著以父親的角度去觀察著一個新生家庭的生活，他想著當初若是沒有棄她而去，會不會使她的今天有所改變，可以稍微輕鬆點？

　　偶爾，孩子的媽會帶著他在假日出門走走，享受些溫暖的母子時光，但在長期的相處下，難免有些疲憊之處，就在一年一次的情人節，男子主動約起了女子，並想要她帶上兒子一起度過，對於女子來說，這是個難得的機會，她身邊不乏追求者，但在一個媽媽的立場，她不能輕易的讓孩子見到不熟悉的叔叔，只有這名男子，一直以來都對她保持著距離與關懷，可惜的是他一直都不喜歡與小孩相處，稍微一點失控就可能惹的他不快。

　　然而，時光改變的不只是年紀，還有陳舊已久的價值觀，在以前的社會中，單親家庭是個會讓大家多些關懷的背景，但在現在的台灣，單親家庭隨處可見，男子的身邊也有許多朋友因為意外，而成為了單親。

　　照顧孩子的日常，對於沒有體會過的人是沒有辦法想像的，偶爾陪陪身邊需要關注的朋友，代替他的小孩充當一日的保姆，或許是比聊天、吃飯還能增進感情的方法也說不定。

單　戀

文：澤北

「有美人兮，見之不忘，一日不見兮，思之若狂。」

感情的發展，有著無限的可能，單戀是人們必經的階段，打自學生時期開始，總是會嚮往著那與校花、校草的邂逅，與各位老師的單獨相處，又或著是鄰居的大哥哥、大姊姊，這些都是美好的單戀。

夢中的情人是那麼的美好，相處起來百依百順，從不背叛地長相廝守終老，些許爭吵都不會發生，比養寵物還要溫暖。

每當夜深人靜時，月光伴隨的寒風從窗戶溜進房內與你共枕時，難免會在夢中尋求陪伴與慰藉，夢中的那人是如此的美好，既使朝陽驅走了寒意，也不捨得從美夢中醒來。

讓人如此著迷的單戀啊，或許是感情之中最不會令人失望的階段吧，你不會受到打擊，不會有爭吵，不用擔心對方劈腿，更不用擔心會不會面臨到要結婚生子的階段，永遠在最恬謐、最支持你的階段。

付出不求回報，是令旁人讚賞還是唾棄的？抑或是讓人憐憫的？

我們總是用著自己的價值觀去審判著他人，評斷著別人的所作所為，在民風純樸的時代，多年的單戀被視為節操的一種高尚，彷彿人人的該這樣不求回報的為心上人付出。

　　就算在多年的付出後得到了回報，人們也總是給予付出者喝采，卻未曾想過兩人究竟適不適合？世人總是說著相愛容易相處難，但相處真的是要先相愛的嘛？相處不是打從認識便開始的嘛？

　　這一切的疑問，在單戀之中都不用去苦惱，因為單戀的對象在你的想象之中都是完美的，他，或是她，都與你是百分百的契合，不用在現實中煩惱著這些。

　　單戀到了最後，成為了一種習慣，與逃避。

　　一直以來都不是很認同將兩人之間的相處到相戀的過程，稱之為「追求」，這並非是一種特定的行為，應該是一種專屬於人類的本能才對，動物界會為了繁衍而有發情與交配的本能，而人類卻為了排解寂寞與孤單，演化出了一種獨特的本能，為的不是生理上的需求，而是心靈上的慰藉。

　　孤單、寂寞、空虛，這些形容詞，都可以描述單戀的情境，正是因為這些情境，才使人覺得夢境中或是幻想中的那人是那麼美好，也或許是因為知道自己單戀的對象與自己其實並不合適，所演出的一種逃避。

　　得不到的伴侶，忘不掉的相遇，改不了的習慣，解不開的思念，放不下的擔憂，留不住的美好。

種種的種種，形成了單戀的狀態，那是令人嚮往，又不可自拔的，向那個人靠近了一步，瞭解了一點，接觸的更多，認識的越深，都可能會讓單戀的狀態瓦解，夢中的形象破滅。

該不該做出那個決定？

該不該走出這個夢境？

該不該面對這種現實？

該不該？

地球代表

文：澤北

時光流逝

地球的神祕面紗從未在人類面前被揭開過，呈現在各種人類的幻想情節是神祕的地心世界，顛倒山、未知的物質、體型巨大的異獸，以及更加豐富的自然生態，令人不禁嚮往起若是地表的生態系之中少了人類會是何種樣貌？

人類研發出了核武器，試爆中的核輻射喚醒了沉睡的巨獸，而後發現在許多民族的神話之中充斥著各種怪獸，但在這次的大戰之中，編劇創造出了一段新的故事線－哥吉拉與金剛是世仇。

故事中他們到了地心世界，宏偉的建築、運用特殊能源的機關與武器，這些是否表示金剛一族在許久之前就有「科技」的存在？金剛一族是否就是史前的「人類」？編劇並沒有在這部電影中多作著墨，以免模糊掉焦點，但從金剛的武器上發現，武器的原料是哥吉拉的背脊，看來許久之前兩族之間的大戰互有損傷，而金剛一族後期為何會搬遷至地表，卻又沒帶上一丁點科技的影子？這點編劇上也沒有交代，但在金剛與小女孩的互動中，看得出來金剛對於「情感」上面是豐富的。

哥吉拉，從之前的表現再到這集的劇情，可以大膽的猜想牠其實是「祂」，若地球有意志，想必哥吉拉就是代表吧？在地表被人類破壞殆盡時，與外星的侵略者大戰，而後折服諸多泰坦，其後幾年間也並未對人類有所報復，因為追根究底，人

類也是地球生態的一份子，也是地球的孩子，雖然叛逆了點，但泰坦們依舊用著自己的方式去修復著地表的環境。

最後的三方大戰中，可以想像為地球意志、人類慾望與外星侵略的延伸，先是代表著地球意志的哥吉拉與人類慾望的金剛在香港地表的大戰，武裝後的金剛稍勝一籌，但最後還是被哥吉拉踩在腳底，在兩者的吼叫聲中我聽見的是來自地球傳來的警告，而金剛發出的吼叫更多的是無奈，他從小失去了家人，將骷髏島上的原住民當作家人的他，卻在一場暴風雨中失去了所有，只剩下了小女孩 Gia，再來就是被哄騙當領隊，帶領一群心懷不軌的人類深入地心，竊取未知的能源供給給機械哥吉拉，卻不料被基多拉的意識入侵。

在兩名泰坦達成共識，重拾身軀的基多拉破山而出，操著未知合金的機甲哥吉拉身軀，三兩下就將肉體凡身的哥吉拉踩在腳下，就在哥吉拉快被擊殺的時刻，金剛挺身而出，這時的他象徵著以洗心革面的人類，替地球母親付出一份心力，共同擊倒侵略者。

最後，精疲力盡的兩名泰坦互視一眼，在眼神中達成了和平共處的共識之後相繼離去，此時的場景令我想到了侏羅紀世界中，迅猛龍小藍與暴龍聯手擊敗帝王暴龍後的畫面，兩隻恐龍也是精疲力盡地離開。

時光流逝

　　片尾再次到了地心世界，金剛終於回到了自己的家，或許編劇也在期許著，某天人類能夠悠閒地在大自然中散步吧。

就算徬徨，也要負起責任

文：澤北

人總是要繞了點路，才能認清自己，旅途之中各憑勇氣。

感受各種情緒，充斥四肢，遊走在身體，深深呼吸一口氣，告訴自己繼續努力。

告訴自己：你能繼續堅持下去，坦然接受一切吧。

問問自己：你是溫柔堅強的人啊，能夠承受錯誤、自責的重量，旁人眼中不屈刺眼的目光，忽視嘲諷、輕蔑的聲響，朝著目標，不遲疑的前進啊。

問問自己：能夠忍受孤獨、卑微的處境嘛，不必真的，去討好誰吧？

想想過去，曾有多少委屈，真的需要被人傾聽，那些你曾經經歷。

對自己失望於是討厭自己，是否太過絕情？

身為品嚐過失敗的人，你不必因為沒有成為想要的模樣，就對現實感到絕望。

事與願違的遺憾，人人都曾有過，無能為力的痛楚，大家都經歷過。

被夢想吞噬的人啊，看似自信滿滿，心中充斥著徬徨，站在高處享受掌聲，也被投注目光，又有多少人，是真的為你開心的？

你能坦然，接受命運嗎？

你想成為的自己是怎麼樣的人啊？

上天註定你要成為怎樣的人，你認同嗎？

自己努力成為自己想要的人，你盡力了嗎？

但其實，生命的命運只有一個，就是死亡。

但死亡並不可怕，生命的目的，就是逐步邁向死亡。

可怕的是，在生與死之間

你‧究‧竟‧做‧了‧什‧麼？

曾經歷過失敗過嗎？那並不可怕，可怕的是站不起來，沉浸在挫折與自責的深淵裡。

曾經得志過嗎？得志不驕傲，驕傲的是得志後持續激進，不自封自滿。

墜入過低谷嗎？下陷的過程中，是否有向外伸出求救的雙手，卻不曾有人緊抓住過你？

時光流逝

因為沒人伸手，於是任由自己持續下墜，腦海裡的空白占據了身心，四肢逐漸無力麻木，對於事物的敏感度逐漸降低，彷彿世間一切都與我無關。

到谷底之前，與世界的關聯都消失殆盡，只剩自己是最重要的，為了成為自己想成為的自己，拋棄了所有，但卻展現的像是被拋棄一樣。

在成為夢想中的自己之前，先別急著封閉自己，探索夢想的同時，試著留意腳下其他的足跡，是誰說這些足跡不能引導你前進？

夢裡中的自己，真的是你以為的樣子嗎？

有多少人打著朝夢想前進的旗子，號召著許多志同道合的群眾合作，其餘人可能真心覺得在朝著夢想努力，但只有少數領導者才心知肚明著，一切都只是一場夢。

一場捨不得清醒的夢。

不禁想像，瞭解到真相之後的你，

夜晚時分，躲在被窩中的你，感覺到難過嗎？

霪雨霏霏，站在街上的你，感受到疲憊了嗎？

現在的你，就好好原諒自己了，好嗎？就試著為所愛的負起責任啊。

Deep

文：澤北

時光流逝

磚瓦會隨著時間分解，花草樹木會風化腐朽。

人心更不可測，時時刻刻都在變。

只有記憶，停留在美好。

夕陽西下，落日代表的不是謝幕，是那場記憶中的序幕。

排氣管的聲響與當時一樣，海膽攻擊過的腳趾已經痊癒，幾個月前遊歷過景點，在短短幾小時內重新遊歷了一番，只是這次來的是孤身一人。

旭日東昇，浪花打在岸上將人們喚醒，颱風逼近的小島人煙稀疏，對於刻意避開人潮的幾人來說非常合宜。

初階的課程在氣候的考驗下展開，也體驗到了不同於其他梯次學員的海況，洋流的強度之大讓立泳的難度加劇，平躺在海面上呼吸也會吸到些許的海水。

幾名學員的心裡有些緊張，畢竟是初次下海的陌生海人，還沒有熟悉這些海況，儘管如此，對大海的嚮往還是戰勝了心中的恐懼，去探索著，去挑戰著，去試著了解自己的極限。

時間很快，為期三天的海訓結束，幾人拖著疲憊的身體拉著浮球上岸，周圍的零星遊客投以佩服的眼神注目著，其餘潛店的教練也帶著讚賞的目光看著兩名教練，學員的臉色疲憊卻

精神奕奕，他們對於自己與大海之間的關係開始有了連結，心中有的除了對於海洋的認知以外，還有著教練在海上與海中的身姿語態。

三天的訓練過得很紮實，室內的知識傳遞、平靜水域的閉氣、平潛、救援還有踢蛙鞋，開放水域的出浪、穿蛙鞋、躬身下潛、攀繩下潛還有大魔王的平壓，總總技能都讓人更了解大海更了解自己，人類沒有自己想像中的脆弱。

我們生在一個四面環海的海島國家，卻不曾好好地了解並珍惜過這片大自然，從小就被教導著遠離水域，家人與學校都在高呼遠離危險就是最好的方法，卻不曾想過，危險不能預防，但我們能讓自己的生存能力提高。

終於，我下定了決心要去好好了解這片大海，陰晴不定讓人又愛又恨的大海。

四肢僵硬，笨手笨腳的出浪，在教練的喝斥下穿上蛙鞋，咬著呼吸管拉著浮球與鉛塊，用盡力氣踢蛙鞋，一路平潛到深水區。

趴在海面上平靜自己的呼吸，視線隨意掃著海底的珊瑚礁、小丑魚、鏡斑蝶魚，當然還有號稱小琉球里長的海龜，出浪的緊張漸漸被這些生物們的活力給撫平。

時光流逝

　　深吸一口氣，將肺膨脹到最大，橫隔膜與肋間肌一起穩定住肺部，吐開呼吸管，腹肌用力，整個人筆直地穿插進了蔚藍，陽光在海平面底下多重折射，小魚跟海藻不時發出點點光芒，導潛繩在這種環境下是如此黯淡，不知不覺間耳朵開始不舒適，我試著控制喉根做出平壓的舉動，十次裡面只成功了一兩次，但大海的溫暖使我忽視了這些不適，我嘗試著在海中多待一陣子，但在尚未達到負浮力的深度前，我不可控制地向陽光的方向浮起。

　　嘩啦，我竄出了海平面，也竄出了兒時在泳池中溺水的陰影，我想我更愛這片大海了。

焦慮感

文：澤北

時光流逝

鳳凰花開猶有時，鳳凰花謝故人遲，若要孩提再復還，
女媧伏羲轉玉盤。

每年的六月到八月，是台灣的畢業季，莘莘學子們抱持的
對社會的憧憬或是幻想踏入了職場，但在台灣，學而無用已經
是常態，在教育體制與工作技能無法合拍的情況下，每年的畢
業生多少都帶有些許的新鮮人焦慮。

各大院校開始舉辦畢業典禮的時候，你是否陷入了畢業即
失業的焦慮呢？

你是否覺得，不知道該踏入哪個產業，或是已經有了目標，
卻不知道自己開如何下手呢？

在這後疫情時代，2021 年的畢業生與 2020 年的畢業生格
外的困難，除了職缺上不比從前，就連學習的過程都與過去相
差甚遠，而在這畢業季的同時，焦慮感也與時俱進。

我們都是歷史的創造者，在這需要靠視訊與線上教學的時
代，我們達成了如何隔著螢幕取得教授的分數，與此同時可能
也需要線上面試，相同的經歷會讓你有更多的體悟。

男女是不平等的，男生在畢業之後，還有兵役期間可以緩
衝掉這個焦慮感，女生就比較需要直接面對這股焦慮感。

如果你有經濟壓力，就可能會在畢業之前就在求職，但在求職的路上這股焦慮感還是如影隨形的糾纏著你。

　　這個產業適合我嗎？這間公司適合我嗎？我能夠在這間公司生活下去嗎？試用期沒有通過該怎麼辦呢？我的能力到底在哪裡？

　　種種的疑問，伴隨著畢業典禮的結束，帶給你更加強大的焦慮感，該怎麼辦呢？

　　莫急莫慌，你所體會過的焦慮，每年三萬多名畢業生中有三分之二的人都體會過，這兩年因為疫情關係，求職不易，生活不易。

　　　　但黑暗過後，就是光明啊。

　　你所攻讀的系所，跟你想投入的職場是相近的嗎？學校傳授的的專業知識派得上用場嗎？這都是多慮的想法，每個產業的運轉，都不會是靠一名新人的付出就能完整地作動，所以當你踏入職場的第一件事情便是放下在學校的成果，從新學習起你所擔任的職位所需要的技能。

　　這個產業是你想投入的嗎？你所工作的環境是你喜歡的氛圍嗎？憑心而論，這兩個問題即使到了三十歲或是四十歲都還是無解，在台灣，你的興趣與工作到底要不要混為一談，一

直以來都有各自的支持者，再扯上了經濟壓力，或許多數的人都會屈服於現實層面。

不用急著去給自己定型定位定下來，你才剛撥穗，經濟的壓力可能沒有你想像中的沉重，給自己一點時間去喘口氣，多探索不同的產業，這股畢業焦慮感，依照每個人的敏感度不同，發生的時間以及持續的時間都會不同，有人從大三就開始，有人直到畢業之後才開始，有人找到第一份工作就結束，有人一直到結婚生子了都還在。

莫急莫慌，也莫害怕，既然它會伴隨著你好一陣子，那便試著與它共處吧，這股焦慮會鞭策你成長，會逼迫你去思考在這後疫情時代該如何生存。

> 「以一擊十，莫善於阨；以十擊百，莫善於險；以千擊萬，莫善於阻。」
>
> 《吳子兵法》

或許，這段後疫情時代，便是你們這兩屆畢業生的阨地、險地、阻地了，又或許，能夠打破台灣長久以來的畢業焦慮感的，就是你們了。

史　詩

文：澤北

我和你都一樣，走在路上，隨著人群起舞緊張。

你和我都一樣，覺得自己最多做到這樣。

我們其實都一個樣，總將希望寄託在別人的身上，局勢緊張卻還在不曾掙扎。

十八年的時光過去，比當年 SARS 更加殘酷的疾病肆虐，這兩年的小孩子比起我們的童年更加危險，暴露在感染性極強的疫病之中成長，當他們長大後回想自己的孩提時光，浮現的恐怕是遠距視訊以及被口罩勒緊的耳朵。

台灣寧靜了三百多個晝夜，同個晝夜下的其他人們卻被徬徨覆蓋了夢想和希望，當我們沉溺在自己小島的小確幸時，我們同時放棄去改變世界的不公平。

開發國家的人民擁有疫苗，是天命？

未開發國家，因他國的旅遊造成的疫災，是報應？

不知不覺間，我們都放棄去改變這些不公平，用想像力描繪世界的和平，沒有戰爭沒有悲傷與苦痛，也或許這是地球的一次警告，這一年來痛苦的或許只有人類？整體的環境與動植物都得到了喘口氣的時間與空間。

隨著疫情升級，路上行人們的關懷不再，為了自保也為了不感染到他人，人與人之間的連結在有形與無形之間，拉遠也拉高了些。

平時工作小康，在三級警戒的情形仍有餘裕在家歇息的人們，享有了指責外出者的權利，彷彿自己沒有了外出自由，而別人也理當如此。

網路上的謾罵聲不止於此，辛苦外送的人員以及不得休憩的工人們也成為攻擊的目標。

貧富差距，讓那些人只顧著自己，眼中沒有其他人。

他們不懂的曾經的安穩是靠別人的犧牲，他們只顧著自己，安穩的生活是理所當然的。

人們會對未知的事物感到恐懼，承認自己的無知，是面對恐懼的第一步，惡法亦法，然而法理不外乎人情，許多工作者面對疫情的擴散仍堅守自己的崗位，替那些無知的人們擋下最直接的衝擊。

醫護人員、基層警消人員、還有許許多多默默付出的航運士、各便利商店的店員、各餐廳的廚師與服務生、各大眾運輸的站務以及各個家庭中仍戴上口罩繼續為生活工作的人們，你們值得收下更加崇高的敬意，而不是在用餐、休息時，被捕捉到那累癱的瞬間就被上傳到網路上公審。

時光流逝

更有甚者，曾意外接觸到確診患者的人，居住在疫情熱點的人，也連帶著被酸民們砲轟，工作上被標注列管，日用品沒有辦法補充，連送餐的外送員也拒送，疫情熱點的居民何其無辜？

台灣三十歲以下的新鮮人，挺過了地震、水災、疫災、空難、船難等等，現在來了一波更嚴重的人禍，卻總是被中老年的世代評論為草莓族以及沒用的世代，然後現在可笑的是，破壞掉台灣防疫神話的就是前往聲色場所的中老年世代。

獵巫行動該被停止，管理追蹤持續，但不該公布給普羅大眾，停班停課的配套措施早在一年前就該規劃，不論地方還是中央，都沉浸在防疫神話之下鬆懈了，我們能做的，就是戴上口罩，停止散播無知與恐懼，試著找回小確幸的生活感，打勝這場史詩級的戰役。

管 理

文：君靈鈴

時光流逝

　　管理學這門學問相當高深，但卻總是有人將其說得很愜意很輕鬆，好似只要拿出站在高處拿出睥睨的態度，一切就會水到渠成。

　　當然，在這樣的想法下得到的結果通常並不優秀也不足以拿來當學習的榜樣，畢竟若不懂得人與人之間得互相尊重這個道理，只是一昧的認為「我是上司我說了算」，那麼到最後很可能會發現自己只是個空殼，而所有下屬不是跑瞭就是和自己對立。

　　所以說管理沒有那麼簡單，裡頭牽扯的學問很廣，牽扯的層面也很深，也不是逢年過節送送東西又或是平常老是請吃東西就可以抓住員工的心。

　　人是情感的動物，很重視感覺問題，有人請客自然是好，但若是這人只懂得請客但在其他方面卻不懂得做人，那麼效果一定不甚好。

　　曾經在職場上看過很多失敗的例子，就像有些主管老是愛欺負年紀比較大說穿了就是逼近退休年齡的員工，吃定了他們不會在這個節骨眼離職，所以專找他們的麻煩，孰不知這樣的行為除了那些老員工本身不舒服，其他人看了也不舒服。

當然不是說員工做錯事不能糾正，但事情總要站在一個理字上頭，無理取鬧又或是遷怒於無辜的人只會惹人厭惡而已，這樣的人要自稱是個好主管實在過於牽強且也不會得到認同。

還有一類就是那種先吼再說的主管，明明就是一件小事，幾句交代下去也就算了，但他偏偏喜歡當獅子王熱愛一聲獅吼震撼全森林這種快感，把一件小的不能再小的事說成極度嚴重可能不做好就會直接被掃地出門的大事，也難怪員工總會在他看不到的角度努力翻白眼了。

有句話叫「帶人要帶心」，至於怎麼抓住員工的心？

方法有很多，但一定不是不把員工當人看只把自己當成王或者是禮物拼命送但糟蹋也沒少之類不夠成熟的行為。

應該是發生事情時徹底去了解事實，當員工不對勁時適時表示關心，把員工放在心上而不是只掛在嘴上，也別時時擺出老闆或上司的架子，畢竟年代已經不同了，很可能在早期這樣行的通，但在這個世代這樣的思維卻早已跟社會脫節格格不入。

至少，如果不能當個人人稱讚的管理者，至少也別讓自己陷入人人喊打卻被丟以鄙視輕視目光的窘境。

時光流逝

學習長大

文：君靈鈴

時光流逝

不久前跟老同學的聚會來了一個失聯已久的同學，大夥兒本來聊得好好的，但和諧的畫面卻在這位同學漸漸失控的言詞中變調了。

雖然以前就知道他很愛抱怨而且是什麼事都可以抱怨，可那是當年大夥兒都還十七八歲的時候，現在的大夥兒不能說都成熟了但至少也都成長了一些，好似唯獨他一人停留在當年那個時光裡沒有抽身出來，聽著他一言一詞，總覺得有點替他的未來擔憂。

其實或多或少每個人心裡都有可以抱怨的話題，抱怨這件事並非什麼罪大惡極的事，遇上可以吐苦水的人自然是想把心裡的委屈都說出來這也可以理解，但偏偏這位老友抱怨的內容相隔這麼多年竟然都如出一轍，都是在同樣幾個方面也都是同樣的抱怨邏輯甚至連說法也大同小異。

當年看不開的事，經過歲月累積他也沒看開，當年過不去的坎兒他到現在也還沒跨過去，工作上永遠不穩定，跟家裡的關係也一直沒和睦過，而更糟的是他當年那種覺得「眾人皆錯我才對」的觀念到如今還是一樣沒有絲毫改變。

這個人完全沒成長。

這大概是這場聚會除了他以外所有人的心聲，但眾人心照不宣，因為面對這種非常自我覺得老天爺就僅對他不公的人，

要開導很花時間而且說了他也不見得會真聽進耳裡記在心裡，所以沒人想當出頭的那位。

結果幾天後，某然跟這位同學在街上相遇，看著他興奮的邀約一起喝個茶想著也不好拒絕便同意了，但兩口咖啡入肚卻發現他又要開始抱怨，心中微嘆之際也開始想著，如果眼前這個人一直不想長大，那他往後的人生會變成怎麼樣？

雖然，說句難聽的，聽他說著現況也知道他現在已經不怎麼樣了。

在我們十幾歲時，很多話語出口會被定義為年少無知或不夠成熟，但人到了一個年紀若思考邏輯還停留在年少無知那個階段，那麼失去的肯定會比得到的更多。

人應該要懂得成長，不管成長的速度多慢，只要願意讓自己學著長大，那麼相信這個世界就不會如自己想像的那般不完美，因為很多事在歲月的累積下會逐漸被淡化也會在學習過程中慢慢看開。

很多事可能以前在意但在成長的過程中到達一個層次後，就會發現其實當年的很在意根本就是一個玩笑。

只要願意學習長大，雖然不可能一切都好，畢竟世事難料，但至少會比停留在原地更好。

時光流逝

對自己溫柔一點

文：君靈鈴

　　常常聽到有人在提倡要對自己好一點這件事，但總也有人提出反駁，說不該以自我為中心，這個世界不是只有為個人而轉動。

　　想來這兩句話都沒錯，畢竟人類是群居社會，只顧自己不顧他人確實不是什麼合適的做法。

　　不過有一種類型的人，他們不能說是以自我為中心，而是對自己很高標準很殘忍，遇上這樣的人總讓人覺得該開口勸一句「請對自己溫柔一點」，但有時候總會得到他們輕描淡寫回了一句「習慣了」。

　　習慣了？

　　習慣對自己殘忍是什麼情況？

　　「嚴以律己寬以待人」是句名言，但其實並不代表得將自己逼到一個他人看部下去而自己也快受不了卻強忍著的絕境，因為說不準到最後終將導致無法收拾的後果。

　　但老實說很多時候這類型的人會變成這樣並不是自願的而是在很多因素影響下才逐漸變成現在的模樣，有的可能是小時候就受到家中壓力至今有的也可能是周遭環境影響，因素有很多但結果就是他們可能變成了他們自己也不喜歡但卻無可奈何形成的模樣。

　　只懂著一昧逼自己，不管是在哪方面他們都想著自己不能有一絲一毫的鬆懈，因為彷彿只要鬆懈下來，自己的世界就會天崩地裂，但實際上有這麼嚴重嗎？

　　或許有或許沒有，但他們只會認為有而把自己跟沒有拋諸腦後不去深思，溫柔待自己不存在他們的思維中，所以他們可能會是能力最強的一群，但探討到內心這一塊，或許他們就成為了最弱族群。

　　因為他們時常都只知道逼著自己往前看卻忘了該停下腳步讓自己歇歇，長年對自己疲勞轟炸的結果很可能就是身體出了問題進而迫不得已停下腳步，結果這一停下毛病全都來訪了，半點也不留情面，很明顯就是一起來抗議，說這個主人對待自己身體實在太過不上心。

　　雖說人生苦短，有些想做想拚的事若不趕快去做去拚可能會有遺憾，但若是因此犧牲了自己的健康或是與身邊人相處的時間，到最後人到底是會為了夢想沒達成而後悔還是會為了身體欠佳又或是沒多抽點時間陪身邊人而後悔就很難說了。

　　所以為了多方不後悔，或許稍微放慢一點腳步對自己溫柔一點是個好法子，何時該往前走何時該稍微停留一下真該好好思考，別到最後賠了夫人又折兵，那就太得不償失了！

別人的定義

文：君靈鈴

午休時間，同事們都出去吃午餐了，就芳芳一個人獨自坐在座位上發呆，總覺得一點勁兒也提不起來。

說實話她並不喜歡這份工作，雖然薪水不錯離家也近在公司也沒有什麼不愉快，但她總覺得自己無法快樂起來，但每回只要她提起想換工作的事，周遭的人總是反應很大，說她文文靜靜就是適合這樣的工作，而且她待的好好的也沒受什麼委屈，何必讓自己再去體驗一次新鮮人的感覺到新環境去無所適從呢？

這些話是有其道理的，芳芳不是不知道，而周遭的人對她是什麼定義她也是很清楚的，可問題她不快樂呀！

難道她的人生就該這樣繼續過下去？

規規矩矩按照他人對她的定義這樣繼續走下去？

撐著下巴芳芳頓時感到非常困擾，雖然她也知道別人對她說的話或許沒有錯也是在提醒她安穩的日子是最好的，但她必須說她才是最清楚自己的那個人，而她體內的細胞其實有一半很不受控制很想跳出來舒展一下。

人生不就是該冒險才有樂趣嗎？

忽然間這句話躍上了芳芳的腦海，後來她考慮了三天還是去拿了辭呈遞上，結果引來同事們的驚叫還有父母的責罵，但

她都沒有多解釋什麼，只是淡淡地說她想去做自己一直想做的事。

後來，沒人拗的過她，事實上也沒人發現過外表柔弱文靜的她拗起來居然這樣嚇人，彷彿誰都攔不住似的氣勢，就這樣辭了工作跑到深山去找大學時認識的一位學姐，跟著學姐每天上山去研究山林之美去了。

沒有人預料到她會有這樣的選擇，因為她從來給人的感覺也不是這樣的人，又或者是說每個人對她的定義就是個適合坐辦公室的小姑娘，那種太過戶外陽光的形象好像非常不適合她。

但其實我心我主，他人的定義對每個人而言都不一定受用，自己真正想要什麼只有自己清楚，如果太在意他人對自己的看法，那麼或許就真如此被世俗觀念給束縛了。

更何況人生該為自己而活，照著他人對自己的看法規劃人生路途然後收穫不快樂這樣的結果，意義並不大。

追尋自己的夢想雖然辛苦，但卻是一件美好的事，只要夢想是正向的不危害他人的，也許該勇敢一回而不是一輩子在他人的目光下過日子。

冒　險

文：君靈鈴

常聽說人，說人的一生至少該勇敢一回去冒險一回。

就算需要披荊斬棘也不該退卻，為了追求心中所想所願，該鼓足勇氣踏上那條未知的道路，即便前途凶險難料，但只要願意冒險，多半都可以得到比自己想像更多的收穫。

想來這樣的觀點對某些人來說或許太過天方夜譚，但對某些人來說卻是一生不可多得的金玉良言。

阿良從小生長在一個不算富裕的環境裡，而他的兄弟姊妹眾多，排行老六的他個性內向木訥甚至說來有些孤僻，在忙著討活的父母眼中，雖說有句話孩子都是父母心裡的寶，但在這個家，他卻是最不起眼沒有發出任何光亮的那塊石頭。

這樣的狀況一直持續到他長大出社會，因為家庭環境影響還有他個性使然，即便他已經長大成人搬出家中獨自居住在外，但像是自我隔離也像是被排擠的窘境卻沒有消失，反而好似更加嚴重。

他其實知道自己有問題，但總歸是踏不出去那勇敢的一步，因為對他而言主動是一種冒險，他不擅長也害怕，而這樣的他在他人眼中就成為了異類。

慢慢地，他開始有點著急，但要他出發踏上冒險的旅程，說真的跟要他的命沒什麼兩樣。

但這樣下去真的好嗎？

一輩子活在人群之外？

阿良並沒有當世外高人的雄心壯志，他內心其實是渴望與人接觸且可以相處融洽的，就像他人一樣，閒話家常是日常而分享內心是稀鬆平常。

煩惱了無數個日夜，他每早都在咬著牙想跟身邊人道早安，然後又在夜晚痛恨自己就是開不了口這樣的日子中度過，最後終有一天他真的受不了自己了，對著鏡子中的自己大吼，罵著自己說「就冒險一次會怎樣？說句早安會少塊肉嗎！」

打招呼會少塊肉嗎？

當然不會！

但不是每個人都是同一種類型，對於阿良來說，要跨出第一步真的很難，因為他當石頭已經太久，久到他之前其實已經差點快忘記自己並不是一顆石頭。

不過，既然覺醒了，就算真的已經石化，他也想讓自己活過來，所以在吼過自己的隔天早上，他提早來到公司花了三十分鐘對自己做無數次心理建設，然後終於在旁邊同事來到座位時冒險了一回，而他這次得到的除了驚愕的目光外還有一句「你也早」。

　　這樣一句旁人聽起來根本一點也不重要的話對阿良來說卻像看見了陽光，他這才發現原來只要願意冒險，世界並沒有那麼陰暗，只要不自我隔離，終會有善意來訪，重點是願不願踏出那一步而不是傻傻等著不知道存不存在的救贖。

閒言閒語

文：君靈鈴

我想認真做，但是旁邊好多干擾！

為什麼做個事一直有人來指手畫腳？

如果別人說我不行，那我應該就不行了吧？

這個案子我覺得我可以做到，可是旁邊一直有人在竊竊私語說不可能！

在生活中，不管是什麼人相信都有聽過屬於自己的閒言閒語，只是分量輕重不等而已。

尤其是在被賦予重大任務時，旁邊的聲音更是從來沒有消停過，這些說閒話的人絕大部分是出自忌妒，也有部分是因為太閒，更有部分是根本就是隻應聲蟲附和他人的說法而已。

但這樣的情況卻讓當事者覺得很困擾很頭痛，因為他明明就只是想好好發揮自己的能力把事情做好而已，卻因此要被說三道四，讓人覺得無奈也覺得很受不了。

然而其實我們會發現，越在意身邊這些聲音的人其實內心深處是對自己沒有太多自信的，所以當聽到這些閒言閒語時很自然地就開始強烈自我懷疑，懷疑自己的能力懷疑自己的實力到最後全盤否決自己。

我真的行嗎？

可是，我覺得我可以，但如果我做的不好，是不是會被恥笑的更嚴重？

說真的，太多雜音的確是會讓人失去信心，但倘若因此讓自己都開始深深懷疑起自己，對自己一點信心也沒有，那大抵就真的離失敗不遠了。

當然，我們沒辦法拿任何東西去塞住愛說閒話的那些人嘴巴請他們閉嘴，但我們可以自我鍛鍊，建立更強大的自信。

自信的產生來自於人的心態，心態對了自信自然會來拜訪，心態錯誤自信自然減退終至完全頹靡的階段，當有一天擁有自己擅長的舞台，就應該好好揮灑認真發揮，這是對自己負責也是對給予任務之人的一種尊重。

當有人賦予我們一項任務，務求盡善盡美是基本觀念，因為這是對方對我們的信任，相信我們做得到，所以如果在這時候還對自己沒有自信，那對方對我們的信任豈不是成了一個玩笑？

至於旁邊的閒言閒語，說真的聽到又如何呢？

不是非要與世隔絕才能做好一件事，但倘若很容易被身邊的雜音影響，那鐵定是什麼事也做不好的。

別人來指手畫腳，如果建議是好的當然可以接受，但如果建議有問題當然可以拒絕，屬於自己的舞台主導者就是自己，要添加什麼花樣上去自然也由自己。

用良好的態度委婉拒絕他人的介入，以自信的方式完成屬於自己的任務，不管是什麼人都不該看清自己，在個人的人生舞台上每一個人都是主角及導演，不管旁邊聲音再大，他們終究只是配角，而配角的戲分多寡取決於我們願意給他們多少戲分。

以真心與我們相交並給予實質幫助的人才需要增加戲分，至於其他人就讓他們隨風而去吧，不必理會也不用給便當，因為真的不需要！

終點也是起點

文：君靈鈴

時光流逝

天塌下來是什麼滋味？

這種味道可能要嘗過的人才懂，但每個人感受度不同，對某些人來說可能一餐沒得吃就算是天塌下來，也有人認為要妻離子散散盡家財才算天塌了下來。

總之不管是哪一種，只要是感覺到天塌下來這種感受，大抵也就會對人生感到灰心絕望，一勁兒認為自己已經沒有未來，更不可能東山再起，再輝煌的過往都已是往事不堪回首，覺得自己這輩子已經完蛋。

但很多時候其實並不是這樣的，雖然說不是絕對，但滿多情況都是在絕境出現後才看到以前看不到的風景，聽到以前不曾聽過的話，或許往事真的不堪回首，但終點真的就是最後了嗎？

真的不盡然，或許以前錦衣玉食生活不愁，但人在這種環境裡很容易上頭，嚴重的會忘了自己是誰姓啥名啥，總是用鼻孔看人，對自己以外的人事物不屑一顧，久而久之身邊剩下的就都是等著撈好處卻不是真心待之的人。

虛假的表象或許可以掩蓋一切，但當有天高高在上的人從神壇上跌了下來後，這些奸佞之人並不會伸手救援，只會轉身離開，因為撈不到好處了，再留下來也沒有意義。

這聽來很現實但卻是事實，而不諱言這些人也會是讓人一蹶不振的原因之一。

當人真的一無所有，身邊也連一個知心的人都沒有，的確是會感到很絕望，但千萬不要就此沉溺在頹廢之中，終點不一定就是結局，或許新的人生會就此展開，只看人要不要振作抬頭看一看遠方那道曙光，並鼓起勇起朝光亮的那方走去而已。

或許走過去的路途會很辛苦很難受，也或許會被路上的碎石或荊棘傷了手腳，但只要心念夠堅定，拋開萬念俱灰的觀念，相信到最後還是能走出自己的一片新天地。

所以，終點不一定是結局，而很有可能只是人生的一個轉捩點，或許我們會在失敗後懷念以往的生活，但倘若新生活更讓人期待呢？

這也不無可能不是嗎？

有的時候只要不放棄希望，不對自己感到絕望，新的人生新的世界或許就在不遠處等待著新人的到訪，而且說不準會給予我們更多更好更值得的人生，就像雨後會見到美麗的彩虹般，在被泥水噴濺爾後用純淨之水洗滌過後的人，真的是會感到無比舒暢呢！

無立場證明

文：君靈鈴

　　阿碩其實一直以來對老婆小夢都沒有什麼不滿，但近日他卻開始覺得小夢在一個方面讓他有點受不了，那就是很喜歡八卦他人的事，而且從一開始只是淺談到現在不只擅自下判斷而且還時常把話說得很酸。

　　「我說妳啊！妳現在說的這些事都是妳自己聽了一部分消息然後自己揣測的，妳這樣擅自就下定論然後大肆批評人家真的好嗎？」

　　這天，阿碩終於忍不住開口制止又在長篇大論的小夢，引來小夢一個驚愕的眼神。

　　「我就是在家隨口說說，我去外面又不會這樣說，況且你就知道事情不是我猜的這樣了？」

　　第一次被丈夫指責，小夢顯然很不服氣，任性的話張口就來。

　　「那我反問妳，妳又知道事情真的是妳猜測的這樣？妳打算去求證嗎？還是自己想自己對自己樂，反正也不礙著誰？」

　　阿碩覺得自己有必要稍微提醒一下老婆，這樣的行為其實很不可取，雖然他也很明白這樣的事其實不少見，而他自己也做過，但因為小夢最近實在太誇張，他不得不這樣，要不哪天傳到當事者耳朵裡，大家見面就尷尬了。

「本來就沒礙著誰啊！你今天是怎麼了？」

小夢開始有點生氣，她顯然不知道為什麼老公今天要找她的碴。

「不是我今天怎麼了，是妳最近太誇張，我問妳，今天要換作是妳知道別人天天都在家談論妳的事，而且還擅自下定論去評斷根本不知道是不是事實的事，請問妳做何感想？」

阿碩看著小夢這樣發問。

「我……我就說我只是在家裡說說而已，你是聽不懂哦？」

小孟有點惱羞成怒。

「我的意思是，我們根本沒有立場去評斷人家的家務事，就算妳是說來玩的，但我們又不了解真相都只是道聽塗說，這樣的話題有讓妳在家發揮天馬行空想像力去說故事的必要嗎？妳不覺得這樣對別人很不尊重嗎？即便他們可能一輩子也不知道妳說過他們什麼，而且還不一定是事實，但這種事真的有必要存在嗎？」

老婆生氣阿碩倒是不意外，畢竟這種事對很多人而言只是小事也覺得無傷大雅，但過度的揣測或自行編故事到太誇張的地步就不在可以被容許的範圍內了。

　　不是說不能談論，茶餘飯後誰人不說說自己聽來的小道消息，不管是真是假對當時在場的人而言無疑都只是一種調劑，但當調劑變調成為一種已知或未知的攻擊，那就真的不太好了。

　　畢竟，沒有立場證明的我們說什麼都只是猜測，略談可以，說得太過就不是閒聊而是一種攻擊了。

夢想很遠嗎?

文:君靈鈴

「為什麼想做的事努力去做了卻好像永遠不會成功？」

「為什麼夢想感覺好遠好遠？」

「為什麼別人都可以擁有想要的一切而我卻一直都在追逐而且感覺無窮無盡？」

「為什麼要成功這麼難？」

「為什麼再怎麼努力也沒有得到想要的結果？」

上述大概是有些人內心不時會冒出的獨白，表面裝著一副沒事人的樣子，但其實內心非常哀怨且不滿，因為夢想總是離自己那麼遠，好似遠到永遠也觸摸不到似的。

說真的，一般而言要達成夢想並不容易，有一部分是因為有些人的夢想或目標訂定的太過遠大或虛幻不切實際，而有一部分則是因為身邊還有其他因素影響，總之無法達成的原因有很多種，但有一種原因絕對是阻礙夢想永遠無法達成的要素，那就是成天只張嘴說夢想但行動的速度與積極度卻是下下等級。

想達成夢想就絕對不能光說不練，因為成功不會說說就來，只有靠努力才能贏得勝利。

　　或許有的人會說「我已經很努力了，可是就是摸不到夢想的邊，我也很焦慮，但我就是不知道為什麼」，這是有可能的事，但在焦慮之餘是否該細想一下摸不到邊的原因是否就是因為自己太過躁進且聽不進他人意見，有時候太過自我的情況也會導致一些事無法順利進行，離目標也就更遠了。

　　不管訂定的夢想是什麼，瞎矇瞎做基本上不是個辦法，試著去規劃進度流程並在他人的失敗或成功經驗中吸取對自己有益的段落才算是個辦法，很多事並不是自己獨立就可以完成的，在成功之前要面對的事可能有很多不說，而且也可能需要他人的助力，一起集思廣益才能觸摸到夢想的邊緣。

　　但就算離夢想已經很近也不能掉以輕心，所謂一失足成千古恨，在這種關鍵時刻如果鬆懈了，說不準即將盛接的甜美果實會在一瞬間從指縫滑落，掉在地上成為一灘爛泥，這種欲哭無淚的滋味還是不要輕易嘗試的好。

　　其實，夢想看似很遠但其實沒有那麼遠，它跟我們之間的距離取決於我們用什麼態度還有想法去對待它，如果只是空想那它永遠不會來到身邊，如果願意努力願意做好所有萬全準備來迎接它，那麼它的到來也是時間早晚的問題而已。

拒絕前進

文：君靈鈴

對門的阿蘭姨又上家裡來串門子，人一來都還沒坐下就聽到她開始嚷嚷，說自己實在不知道拿女兒怎麼辦才好。

　　說道阿蘭姨的女兒，說實話雖然不是那種作奸犯科被社會定義為壞孩子的孩子，但是懶惰自大又目無尊長，說來也真不算得上是個乖孩子。

　　但很多母親遇到這種事很容易就把責任往自己身上攬，雖說家庭教育失敗父母或許都有責任，但孩子都已經三十好幾了，是非對錯什麼該做什麼不該做，又或是誰該尊重誰該不予理會這種事難道還分辨不出嗎？

　　阿蘭姨一直說可能是因為小兒子自小身體就不好她比較照顧，但其實在外人看來阿蘭姨與她丈夫對待女兒也沒有多大虧待，也是又疼又愛，只是在早年家境比較貧困時女兒想要的東西較無法給予，而兒子說來可能也是運氣比較好，出生的時機點就在阿蘭姨家家境好轉之後，所以物質生活比較富裕。

　　但其實認識阿蘭姨一家的人都知道，對於早年無法給女兒她想要的一切，後來可是一件也不少，可就不知道為什麼女兒最後會變成現在這個樣子。

　　阿蘭姨很不解，連連嘆氣了好幾聲，說自己不知道怎麼辦，孩子整天躲在房間不出來，什麼事也不做也不幫忙家務，跟爸

爸關係更是一直都是冰點，而且還說不得唸不得，一說她就生氣一唸她就跟父母大聲，整個人已經相當不對勁。

這個孩子的人生就像停滯了一樣，不願意往前走也不願有人推她，感覺就好像要等到她自己願意想通願意向前走了，她才會邁出那一步，但時至今日她沒有任何想要移動的打算，就這樣在原地一直待著，誰的話也不聽，沉浸在自己的世界中。

像這樣的情況，先撇開父母急迫的心態，其實對當事者本身也是相當不好的，但很可惜很多當事者不知道，認為自己還年輕時間還很多，蹉跎個幾年又何妨？

孰不知人生說長是長但說短也算短，要怎麼過日子怎麼過完這輩子都由自己掌控，一直在原地連踏步都算不上的這種人生，到人生終途時回憶起來該有多無趣及無聊？

因為無知所以不這樣認為，因為覺得來日方長所以無所謂，但如此不健康的心態最後只會害了自己，或許等有一天回首一望他們會發現，自己不知道何時就已經是比賽中落在最後的那一位，時間早得讓人心驚卻已無法挽回。

國家圖書館出版品預行編目資料

時光流逝 / 倪小恩、澤北、君靈鈴　合著.—初版.—
臺中市：天空數位圖書　2021.07
面：14.8*21 公分
ISBN：978-986-5575-43-4（平裝）

863.55　　　　　　　　　　　　　　110011842

書　　　名：時光流逝
發　行　人：蔡秀美
出　版　者：天空數位圖書有限公司
作　　　者：倪小恩、澤北、君靈鈴
編　　　審：此木有限公司
製 作 公 司：艾輝有限公司
版 面 編 輯：採編組
美 工 設 計：設計組
出 版 日 期：2021 年 07 月（初版）
銀 行 名 稱：合作金庫銀行南台中分行
銀 行 帳 戶：天空數位圖書有限公司
銀 行 帳 號：006-1070717811498
郵 政 帳 戶：天空數位圖書有限公司
劃 撥 帳 號：22670142
定　　　價：新台幣 260 元整
電子書發明專利第 I 306564 號

※　如有缺頁、破損等請寄回更換

Family Sky

紙本書編輯印刷：
電子書編輯製作：
天空數位圖書公司 E-mail：familysky@familysky.com.tw　http://www.familysky.com.tw/
地址：40255台中市南區忠明南路787號30F國王大樓　Tel：04-22623893　Fax：04-22623863